KB062102

청어

시작시인선 0269 청어

1판 1쇄 펴낸날 2018년 9월 10일
지은이 정이랑
펴낸이 이재무
책임편집 박은정
편집디자인 민성돈, 장덕진
펴낸곳 (주)천년의시작
등록번호 제301-2012-033호
등록일자 2006년 1월 10일
주소 (03132) 서울시 종로구 삼일대로32길 36 운현신화타워 502호
전화 02-723-8668
팩스 02-723-8630
홈페이지 www.poempoem.com
이메일 poemsijak@hanmail.net

ISBN 978-89-6021-386-9 04810
978-89-6021-069-1 04810(세트)

값 9,000원

*이 책의 국립중앙도서관 출판시도서목록(CIP)은 서지정보유통지원시스템 홈페이지(http://seoji.nl.go.kr)와 국가자료공동목록시스템(http://www.nl.go.kr/kolisnet)에서 이용하실 수 있습니다.(CIP 제어번호: CIP2018028176)

청어

정이랑

천년의 시작

시인의 말

대만의 스펀에 가면 풍등을 날린다.
사랑을 적고,
소망을 빌고,
건강을 기원하고……
높이 날아가는 꼬리를 끝까지 바라본다.

내가 쓰고 있는 시들이 그랬으면 좋겠다.
단 한 사람에게라도 풍등이 되었으면 좋겠다.

2018년 9월
정이랑

차 례

제2부

제3부

제4부

해 설

제1부

청어靑魚

아직도 가슴속 바다에는 한 마리 청어가 숨어 삽니다 등 푸르고 허리가 미끈한, 이름만 불러도 청청 물방울 소리 튀어 오르는, 그런 청어 한 마리를 풀어놓았던 것입니다 스무 살, 서른, 마흔에 이르러 그놈을 북태평양으로 돌려보낼 결심을 하기도 했습니다 대한민국에서 여자는 몰래 무엇인가를 키운다는 것이 참 어렵고 고달픈 삶이라는 것을 깨달았기 때문이죠 때로 아들 녀석이 청어를 대신해 줄 것이라고 믿기도 하면서 10여 년을 흘러왔습니다 꼬리와 지느러미에 파도를 실어 헤엄쳐 나가는 청어가 보고 싶습니다 햇살을 통과하면서 벅차게 숨 쉬던 나의 청어, 청어를 불러내고 싶습니다 아아, 너무 늦은 것은 아닐까요? 그동안 청어에게 무심했던 내가 청어를 볼 자신이 없습니다

때늦은 오후 지하도 계단에 쭈그리고 앉아 사람들을 읽고 있는 나뭇잎 한 장, 나는 그 나뭇잎 한 장의 인생을 살아가고 있는 중입니다 바람 부는 방향으로만 살아갈 수밖에 없는 운명의 잎들, 그 속에 청어는 희미하게 보입니다 불러보고 애타게 찾아봐도 가슴속에서만 헤엄치고 다녀야 할지도 모른다는 절망을 느껴본 사람들은 알겠지요 그래도 잠시 이 순간 청어를 생각하고 그리워할 수 있는 자유가 있으니까 그다지 외롭지는 않은 듯합니다

이 집 여자:저 집 여자

시장 한복판에서 싸움이 벌어졌다

이 집 여자는 대졸 출신
저 집 여자는 상고 출신
이 집 여자는 60평의 아파트가 있고
저 집 여자는 연립주택 월세가 밀려있고
이 집 여자는 딸이 셋
저 집 여자는 아들만 셋
이 집 여자는 골프를 치러 가고
저 집 여자는 복지회관으로 노래 강습을 간다
이 집 여자는,
시장에서 가장 넓은 인삼 가게의 주인이고
저 집 여자는,
한 그릇 국수를 팔면 3,000원 받는 국숫집의 아줌마다

다들 이 집 여자의 편을 든다
자신이 저 집 여자인 것도 모르고

닭

양지바른 곳에 모여있다
반쯤 눈 감고 있는 것은,
맨 처음 어디서 왔는지 생각해 보는 것이다
날아보려고 한 이유를 알고 싶은 것이다

꾸우욱 꾸욱,
목청에서 밀어 올리는 소리,
사람들에게 무슨 생각으로
살아가고 있는지를 묻고 있는 것이다

붉은 벼슬은
피가 흐르고 있음을 증명하는 것이고,
나를 향해 부리를 겨누는 것은
아프게 살아가라는 것이다

생강나무를 생각해요

사람이 떠나가면 생강나무를 바라봐요
둥글고 넓적한 잎들은 얼굴을 닮았어요
할머니 할아버지의 웃으시는 모습,
이름도 얻지 못한 아우의 여린 손바닥도
차곡차곡 눕혀져 있거든요

생강나무를 바라보면
떠나간 사람들이 떠올라요
방울방울 매달려 있는 열매에서 향기가 퍼져요
떠난 빈자리에서도 향기가 난다는 걸
생강나무를 바라보고 알았어요

내가 없는 이다음에는,
누가 생강나무를 보면서 생각해 줄까요
나는 언제까지 생강나무를 바라볼 수 있을까요
지금도 생강 향기가 난다는 생강나무를 생각해요
누군가가 나의 향기를 생각해 주길 바라면서요

질경이꽃

그대들이 밟고 또 밟아도 죽지 않아요
바퀴가 짓누르고 지나가도 살아있어요
내 이름은 차전자라고 해요

몸을 낮춰서 자세히 들여다보세요
씨앗을 맺기 위해 암술과 수술은
부지런히 하루를 건너가고 있어요
아무 곳에서나 피어나고
흔하게 흩어져 있어 천대하기도 해요

우리가 살아가다 보면
높은 것이 낮은 것이 되고
낮은 것이 높은 것이 될 때도 있지요
지금 내가 낮은 곳에 있어도
같은 하늘 아래 살아가고 있다는 걸
잊지 말아주세요

돌탑

앞서간 누군가의 소원 하나를 바라봅니다
간절한 마음이 놓여 기둥이 되고
하늘 한 곳을 잡아당겨 발을 묶습니다
돌멩이 하나를 주워 바라보게 되는 탑
나에게 간절한 무엇을 생각하게 합니다
그냥 돌멩이 하나일 뿐이듯
나도 하나의 돌멩이일 뿐인데
움켜쥔 손아귀에서
쉽사리 놓아버리지 못하였습니다
살아온 것들이 길이 되고
다시금 물이 되어 돌아오는 것을
저 탑은 오늘도 지켜보고 있습니다
'버리고 갈 것만 남아 참 홀가분하다'*는
앞서간 사람의 인생처럼 그랬으면 좋겠습니다
살아서 마지막에는 아무것도 없는, 나를
꼭대기에 덩그러니 올려놓고 싶습니다

* 소설가 박경리의 유고 시집 제목.

밥값

텅 빈 집에 혼자 밥을 먹는 것만큼
목메는 일 또 있을까, 넘어가지 않는다

밥을 먹어야 살 수 있다는 것
알고 있지만 먹을 수 없다
다들 먹기 위해 살고
살기 위해서 먹는다고 했다

나는 오늘,
무엇을 위해 밥을 먹어야 하는가
밥 한 그릇 먹을, 그 무엇을 하였는가
밥값을 못 하였으니
먹을 자격도 없지 않은가

밥값도 못 하고 사는 내가
누구에게 무엇을 가르칠 수 있겠는가
살면서 밥값이나 제대로 하면
그게 용한 사람이지

아름다운 비상금

생활비가 모자라서 돈 달라고 하니 남편은,
서재 방 어딘가에 백만 원이 들어있을 것이라고 했다
만 권도 넘는 책들을 뒤져보라는 것인가
어처구니가 없어 헛웃음이 나왔다
책 속 백만 원은 자신의 비상금이라고
찾을 수 있으면 내 비상금으로 쓰라고 한다
밤새워서라도 찾아내고 싶어졌다
사면이 책으로 둘러싸여 있는 방
시계 돌아가는 방향에서부터 훑어 내려갔다
먼지투성이 속에 가지런한 책들
주인의 손길을 기다리다가 누렇게 바랬다
입 벌어진 시집 속에서 발견한 건
이십 대 여자의 사진 한 장
아름다움은 젊다는 것만으로 충분하다
밀짚모자에 선글라스 끼고 하얀 이를 드러낸 그녀
백만 원이 있다는 것도 까맣게 잊어버렸다
끝이 보이지 않는 바다를 배경으로
멈추어 있는 시간을 보고 있다
그래, 나에게도 이런 날이 있었구나
돈만 있으면 주름도 없애고

눈, 코, 입, 턱까지 고쳐 미인이 되는 세상
남편의 비상금을 찾으려다가
우연히 찾게 된 나의 아름다운 비상금,
시집 속으로 다시 들어가 잠을 청한다

다시 여기에 온다면,

너는 무엇이 되고 싶니? 한 번도 생각해 본 적 없었니? 별이 될래, 바람이 될래, 산기슭을 지키는 한 그루 나무가 되겠니? 아이를 키우고 돈을 벌고 가끔 혼자 산으로 가서 하늘이라도 바라보고 사는 거니? 길을 가고 있으면서도 끝이 어디인지도 모르고, 물속 휘저으며 먹이를 찾는 저어새처럼 살아온 것은 아니니? 손바닥보다 작은 땅 가지지 못해 안타까워도 했니? 어느 낯선 거리를 걷고 있다가 왈칵, 지난 것이 그리워 울어도 봤었니?

그랬어 나는, 여기에서 옮겨 다니는 물처럼 걸어 다니고 싶었어 누구에게나 부드러운 나를 만나게 해주고 싶었지 생각처럼 살아온 사람은 몇이나 될까? 곰곰 나에게 열중해 봤어 다음에도 내가 나로 온다면 어느 곳, 어디에서도 흥건히 젖을 수 있는 너가 될 것이라고

돌멩이

말하지 않으니
물어볼 수도 없다
홀로 박혀 있는 시간이 깊어
몸속에서 물소리가 난다
바람과 나뭇잎들이 덮쳐 와
앞은 보이지 않는다
오로지 속으로만 울고 웃는 게
부처 같다, 나 같다

반장 엄마

초 · 중 · 고등학교 12년 생활
반장은 한 번도 되지 못했다
올해 6학년 아들은 반장이 되었다
내 이름은 정은희, 평상시는 승현 엄마
반장 엄마는 오늘 하나 더 붙여진 수식어

공개수업이 있는 날
잘 하지도 않는 화장을 하고
즐겨 신지 않는 구두를 꺼내 닦았다
옷장을 뒤져 머플러도 이것저것
거울 속의 나는 누구인가
낯설어서 다시 한 번 쳐다보게 된다
내가 누구인지도 모르고
살아왔던 날들이 수두룩하다

아이가 뒤로 힐끔거리며 쳐다본다
엄마가 왔다는 것을 확인하고
신나서 손 들고 발표를 한다
내가 누구인지도 모르고 살아온 날들
되돌릴 수 없지만 오늘, 나는 저 아이의 엄마다

깁스를 하고

발목을 깁스하고 목발에 의지하고 다녀야 했다
두 발로 걸어 다닐 수 없는,
외발 인생을 잠시라도 살아보라는 뜻인가
침대에서 밥상을 받고
화장실 볼일도 한 발에 의지해서 봤다
두 발을 사용하지 않으니 사람이 아닌 것 같다
불편함을 이기지 못해 식구들에게 짜증만 냈다
외발로 서있는 나무보다 못나 보였다
전봇대보다 더 쓸모없는 존재였다
나는 단 한 사람에게
그늘도, 기둥도 되지 못하였다
깁스를 하고 나서야 나는,
내가 쓸모 있는 사람이 되어야겠다고 중얼거렸다
깁스하고 다니는 사람을 만나면
왠지 또 다른 나를 만나는 듯했다
그 후로 어깨라도 잠시 빌려주곤 했다

나팔꽃 사랑

아이가 학교에서 분양받아 온 나팔꽃씨 세 개, 화분 하나 흙을 담아 심어두었습니다 학교에서 돌아오면 쳐다보고 눈뜨면 물 주던 아이 새싹이 손 내미는 것만 기다리고 있었습니다 어미인 저로서도 마찬가지였습니다 아이가 좋아서 개구리마냥 폴짝폴짝 뛰는 것을 상상만 하여도 좋았던 게지요 참말로 며칠이 지난 아침 싹이 고개를 내밀고 바람에 일렁이기까지 하였습니다

두 개는 어디로 갔을까요? 아이가 자꾸 물었습니다 아직 흙 속에서 손발을 오므리고 있는 것은 아닐는지요 설명하지 못했습니다

넓은 잎들은 막대 기둥 잡고 창틀로 올라가기만 합니다 저러다가 하늘까지 올라가는 것은 아닌지 아이가 걱정을 합니다 왜 나팔꽃은 피지 않느냐고 다그쳐 묻습니다 한 달이 넘도록 잎들만 무성하게 벽을 타고 다닙니다 아이에게 칠월이 오기 전 보랏빛 나팔 같은 나팔꽃을 볼 수 있을 것이라고 했습니다

아아, 저 아이도 언젠가는 나팔꽃같이 활짝 열리는 날이 오겠지요 그때까지 막대 기둥이 되어주는 것, 어미가 할 일

이 아닐는지요 창틀 넘어 걸어가는 나팔꽃 줄기 사이로 햇
살이 그네 타는 것을 오늘도 지켜봅니다

여주 열매

아버지의 칠순 생신날, 다섯 가족이 한자리에 모여 외식을 하기로 했다 일 년에 모두 얼굴을 보기란 하늘에 별 따기라고 안타까워하시던 부모님, 뷔페보다는 된장찌개에 밥 한 그릇이면 된다고 자식들 돈 들까 봐 쌈짓돈을 꺼내 놓으신다 무엇 하나 해드린 것이 나는 없다 몸뚱어리 하나도 건강하게 유지를 못 해 걱정만 끼치고 살았다 그날도 아버지께서는 보따리 하나를 내게 주셨다 사람 많으니 집에 가서 풀어보라고 하시며 건네주시는 것이다 다섯 자식들을 바라보시느라 한 끼 밥도 간신히 드셨을 것이다

밤늦게 집으로 돌아와 주신 보따리를 펼쳤다 악어 껍질 같은 열매가 들어있었다 못난이 오이처럼 생겨 웃음이 났다 '여주 열매', 삐뚤삐뚤 적혀 있는 쪽지에는 썰어서 잘 말려 보리차같이 끓여 먹으란다 식이섬유, 비타민, 칼슘, 카로틴이 함유되어 있어 당뇨의 수치를 낮추어 준다고 하루 서너 번 마셔주란다 생전 처음 보는 여주 열매, 더는 아프지 말라는 뜻이리라 내 자식에게만 떠먹일 줄 알았던 나는 여주 열매보다 더 못난 아버지의 자식은 아닌가 돌아오는 생신 때는 옷 한 벌이라도 사드려야겠다

명함

불혹을 넘어서고도 여태껏 그것 한 장 없다
한 장 달라면 쉽게 주고 쉽게 받을 수 있는 그것
나는 만들지 못한 그것을 달라고 하면
내 얼굴이 그것이라고 버릇처럼 말한다

지천명에 가까워지고 있는데
슬슬 만들어보는 것은 어떨까
반평생 달려온 것의 뒷모습 궁금하다
사각의 틀 속에 그려 넣을 그 무엇이 있는가

이제껏 받아둔 그것들을 나열해 본다
변호사, 교수, 강사, 대표, 팀장, 기자……
난 어머니의 딸이고 한 아이의 엄마,
그 사이에서 시를 쓰고 있는 한 사람일 뿐

제2부

비 맞는 신갈나무

미루나무도 아니고
벚나무도 아닌 신갈나무
오어사 저수지 둘레 길에 서있다

사람들은
비 피하려고 우산과 우의를 입는다
그들에게 이파리를 내밀고 있는 저 포용,

추워도 하지 않고
흔들거림도 잊어버리고
비 맞는 신갈나무

잘 키운 도토리까지도
사람들의 몸속에 넣어주고
종일 비 맞는 신갈나무

양떼목장으로 갑니다

나를 버리고 싶은 날에
그곳을 찾아갑니다
순한 것들이 모여 산다는 곳
그들과 있으면 나의 마음도
순하게, 순하게 구름으로 흐르는 걸 봅니다

나를 찾고 싶은 때에는
양떼목장으로 갑니다
걸어온 길들이 사라지고 없지만
남아있는 길들을 위해 곰곰 별처럼 깊어지고 싶습니다

가지고 싶은 것들이 잔디처럼 일어서면
그대와 함께 강원도 양떼목장으로 갑니다
가진 것 하나 없어도
푸릇푸릇 넓어지는 나를 만날 수 있으니까요

천혜향

고향이 서귀포라고 얘기하대요
하늘에서 내린 향기라서 이름이 그렇다네요
여기에 오기까지 밤을 지나고
바다를 거쳐서 왔다고 하네요
남은 시간, 어떻게 살아야만
그런 향기를 하늘에서 받을 수 있을는지요
가르쳐주실 분 없나요

거울 속의 방

개가 짖고 있다
앞발 들고 짖어댄다
유리를 핥으며 이빨 드러내고

거울 앞에 서서 떠나지 못하는 개
무엇을 알아차린 것일까
짖다가 빤히 쳐다보고
킁킁 냄새를 맡다가 침묵으로 일관하는 개

이제 개는 없다
짖고 핥던 시간도 없다
그냥, 그 환영만이 맴돌고
거울 속으로 들어간 개
다시 불러낼 수는 없을까

그 속에는,
머리가 희끗희끗한 중년의 여인이
앞치마를 두르고
사라진 개를 찾고 있는 듯했다

언니

아버지 어머니께 거짓말하고 서울로 간다 시골에서 가지 농사를 짓던 언니, 위암 판정을 받아 수술하고 침대 위 번데기 모양으로 누워있다 1남 4녀 가운데 장녀, 보랏빛 가지꽃이 하늘 이고 허공으로 줄다리기를 할 때면 벙글벙글 웃던 얼굴, 콩 껍질같이 까맣게 익어가는 줄 모르고 땡볕 아래 물 주던 손, 같은 부모에게서 태어났으나 물줄기처럼 흩어져 어느덧 불혹을 넘어 지천명으로 가고 있다

"언니야, 아프지 마라!" 밥상 위에 놓인 수저가 떨리고 어둠 속에서 새어 나오는 신음 소리 언니는 말보다 울음으로 대신했다 딸 낳고 아들 낳고 농사만 짓고 살았을 언니, 죽음의 문턱에서 어떤 것을 보고 왔을까 저편의 그 무엇을 느끼고 돌아왔을 언니, 퇴원하면 가장 먼저 하고 싶은 것은 무엇일까

달빛 부스러기들 쏟아지고 있는 산책로를 둘이서 손 꼭 잡고 걸어본다 교정에서 네 잎 클로버 찾아서 집으로 걸어갔던 그날처럼, 저편에 가는 길에서도 우리는 언니와 동생으로 만날 수 있을까 손잡아 줄 수 있는 자매로 다시금 태어날 수 있을까 힘 빠진 언니의 발걸음에 내 발걸음 맞춰 걸어보는 팔월의 깊은 밤

〈풍성한 교회〉 옆에는,

그 옆에는 누가 살까
화요일이면 노인들에게 무료 점심을 대접하고
수요일에는 밤마다 찬송가를 흘려보내고 있는,
몇 년째 같은 풍경만 보고 지나갔던 나는,
그곳의 이웃이라고 해도 될까

〈동문반점〉이 있다
자장면과 짬뽕은 이웃들의 끼니다
수차례 배달해 주었던 〈동문반점〉 부부는,
그 옆에 없어서는 안 될 이웃들의 책임자

부부의 옆 가게는
쌍둥이인 양 방앗간이 붙어있고
톱니바퀴가 돌아가지 않는 날엔
누구를 위한 기도인지 열중이다

빌라들이 줄지어 들어선 골목으로
주차할 곳도 없는 이 동네를
하루빨리 떠나자고 밤마다 투덜거리는 남편,
초등학교를 졸업하는 아들은

이 동네의 가장 중심인 소공원에서
배드민턴 치는 재미에 빠져있을 뿐이다

그런 우리는 이다음 어떤 곳으로
이사를 가서 살아가게 될까
이사를 가야 하는 곳, 그곳에도
〈풍성한 교회〉를 둘러싸고 있는 이웃은 있을까

맨발로 걷기

맨발로 걸어본 기억이 나지 않는다
태어나서 맨발로 선 적이 몇 번이었을까
맨발로 서서 하늘은 또 몇 번 보았을까
흙으로부터 나를 꽁꽁 싸매고 있지나 않은가

'신발도 벗고, 양말도 벗고, 맨발로 걸어보세요'
누군가가 세워놓은 마음 따라 맨발로 공원을 걷는다
발가락 사이사이 핥아주는 흙들이 친근하다
혼자 맨발로 와서 언젠가는 맨발로 돌아가겠지

돌아갈 생각을 해본 기억이 없다
그러므로, 돌아가는 두려움도 느낀 적 없다
물 흐르듯 바람이 불어가듯
내가 서있는 이 자리에서
콧노래를 불러야 할 수밖에 없다

맨발로 걸어보자
벗을 것 다 벗어놓고
맨발로 걷다 보면
내가 너이고

너가 내가 되는 것을

내 아이에게 알려줘야겠다

늙어가는 것이다

새벽잠이 없어졌고
가까운 글씨는 읽을 수 없다
산들바람에도 눈물이 나오고
시장에 와서 무엇을 사려 했는지 모른다

이십 대에는 하룻밤 꼬박 술로 보내도
다음 날 아무 일 없이 일어나 출근했다
이젠, 그런 날은
방바닥과 종일 붙어있어야 한다

하루가 일 년같이 길게 생각되고
십 년이 하루같이 지나가고
가끔 햇볕 좋은 공원에서
나무를 보며 말을 하기도 한다

의사에게 상담을 하러 갔다
지금까지의 증상을 털어놓았다
"걱정 마세요, 나이 들어가는 증거예요."
큰 병이 아니라 늙어가는 것이라고 한다

동문반점

동문반점은, 내가 살고 있는 집 길 하나 사이에 두고 마주 보고 있다 동문은 아들의 이름일까, 동쪽으로 문을 내어 놓아서 동문인지 누구 하나 물어보지는 않는다 그러나, 그녀에게 있어 없어서는 안 될 존재라는 것은 확실하다 가끔 소포나 택배를 대신 받아주기도 하고, 특히 동창 모임, 직장 모임 때마다 아들에게 밥을 먹여 주는 동문반점, 주방에서 요리는 아저씨 담당 오토바이를 타고 배달은 아주머니가 씽씽 달리고 있다 30년 동안 평리동을 먹여 살려온 동문반점, 나는 누군가에게 그런 존재가 한 번이라도 되었던 적이 있었던 것일까 동쪽에서 떠올라 서쪽으로 지는 태양도 빛과 어둠을 선물하며 살아가고, 바람도 순례하며 나무들에게 땀방울을 닦아준다 누구를 위하여 아침을 노래하고 있는가 오늘 하루만이라도 곰곰 생각에 잠겨볼 일이다

8번 타자

아들은 8번 타자,
〈대구라이온즈 리틀야구단〉에서 야구 생활 3년
오늘도 시합이 있는 날
타석에 들어선 아들,
배트를 힘껏 휘두르고 있다

안타 치고 도루하고 달리고 싶다
젖 먹던 힘까지 휘둘러
펜스 넘어 풀밭으로 홈런을 치고 싶은,
아들은 8번 타자

장애물 없는 허공 속으로
무엇을 날려 버리고 싶은 것이냐
주먹만 한 공 위에
얹어놓고 싶은 무엇이 있는 것이냐
숨어서 보고 있는 햇살 뒤의 별들에게도
눈 맞춤 하고 싶은지도 모르겠구나

아들아,
삼진으로 눈물 밥 먹던 날

오래오래 기억하거라
훗날 훈장으로 남아
어둠 속 미리내로 흐르게 될 게다

진공청소기에 빨려 들어가는 것처럼

버튼을 누르지 마라!
무엇이든 삼켜버릴 것만 같은 저 굉음
줄지어 가는 개미 가족을 먹어 치운 블랙홀이다
저들의 세상이 한순간 무너지고 있음을
목격하지 못하고 있는 나

함부로 버튼을 누르지 마라!
의도하지는 않았겠지만
어떤 거대한 압력에 의해
누군가의 생애가 살아지고 있다

누가 나를 잡아당기고 있다
한쪽으로 쏠려 기울어지고 있다
구르는 돌멩이를 차고 가는지도 모르고
귀와 눈은 시끄러운 곳으로 열리고
손과 발은 결빙되고

버튼을 누르지 마라!
진공청소기에 빨려 들어가는 것처럼
한 마리의 개미인 양

내 생애도 지금,

어디론가 빨려 들어가고 있는지도 모를 일

설거지가 하기 싫다

눈뜨면 씻어야 하고
입은 옷은 빨아 널어야 한다
밥을 먹고 나면 설거지를 해야 하고
밤 되면 잠을 자야 한다

결혼을 하면 아이를 낳아야 하고
낳은 아이는 잘 키워야 한다
시댁 부모님, 친정 부모님
생신을 잘 기억해야 하고
조상님은 잘 섬겨야 한다

13년 동안 참 잘 지켜왔다
그런데, 오늘은 설거지가 하기 싫다
밥도 먹고 싶지 않다
세탁기의 버튼조차 누르고 싶지 않은데
벚꽃 구경 가자고 전화가 왔다

하루쯤 내가 나로 살지 않아도 되겠지
벚꽃 무덤에 갇혀 흐트러져 본다고
누가 나를 손가락질하지 않겠지

그래, 꽃들이 태어나는 봄날에
나 자신을 하루쯤 놓아주어도 되겠지
설거지를 하지 않아도 되겠지

가시나무 새

여기서 한 생애를 건너가야 한다면
누더기 걸치고 왔어도 마지막은 눈부셔야 하리

햇살 한 입 베어 물고
어깨 위에는 순한 바람 망토 두르고
별빛 망울 같은 추억들 눈동자에 출렁이게 하고

가시를 찾아 날고 있는 새
나에게 오는 날은 언제인가

무엇을 찾아 나는 날고 있는 것일까
머리를 제쳐 하늘 쳐다봐도 길은 보이지 않고

한 생애를 여기서 울다 가야 한다면
마지막에 우는 울음은 깊고 가장 맑아야 하리

곽앤신이비인후과

—치료하는 K에게

귀가 아프고 코가 막혀도 그곳으로 가면 치료받을 수 있어요 한밤중 인후통을 앓고 다음 날 아침, 〈행복약국〉에서 당신이 처방해 준 약봉지를 받아 퍼즐처럼 짜여 있는 보도블록을 걸어왔어요 우리의 시간들도 저들처럼 빈틈없이 메꾸어갈 수 있을지를 염려하면서 말예요 한 조각이라도 없어진다면 누군가가 넘어지고 상처 입을 것도 생각하면서 조심스럽게 잘 걸어온 것 같아요

눈물이 나요, 먼 산 바라보면 바람만 불고 있을 뿐인데 사람을 잃은 것처럼 눈물이 흘러요 귀, 코, 목이 아픈 것이 아니라 아무에게도 보여 줄 수 없는 마음속의 출렁이는, 그 무엇 때문에 사람들은 당신을 찾는 것 같아요 대기 번호를 받고 앉아있어요 그 속에 기다리고 있는 나도, 당신이 치료해야 될 아픈 사람이죠 당신이 아프면 내가 치료해 줄 수 있을까요? 당신도 알고 보면 맑은 눈동자를 가진 나의 이웃인 걸요

스펀*으로 간다

보고 싶은 사람이 있다면 그곳으로 가라
나지막이 기차 소리가 귀를 잡아당기고
옹기종기 둘러앉은 집들도 발을 잡는 곳

눈물 흐르도록 그리운 사랑 있다면
빛 고운 한지에 이름 석 자 새겨 날려 보라
잊은 듯, 또 잊지 않은 듯 바람은 불어
얼굴 위에 누워 잠들기도 하는 곳

사람아, 스펀으로 간다
너를 만난다는 약속은 없어도
내 한 몸 천등 위에 올려놓고
길 없는 허공으로 떠돌아도 좋으리

사랑아, 나는 스펀으로 간다
잊어버린 나를 찾아서
놓쳐 버린 사랑을 불러보면서
앉은뱅이꽃으로 앉아 생각에 잠겨도 좋으리

* 스펀(十分): 대만의 천등 날리기로 유명한 곳.

제3부

손

사용하고 있으면서도
고마움을 잊고 산다

이런저런 숱한 일들을
하루 종일 부려먹는데,
아무런 불평을 하지 않는다

사람들은
당연한 것들에 대해서는
무딤이 배어있는 것 같다

남편은
지금 이 순간도
나에게 밥을 차려달라고 한다

고구마 캐던 날

아버지, 남편, 하나뿐인 아들과
10월 8일 일요일에 텃밭으로 나갔다
아버지의 놀이터인 이곳에서 고구마를 캔다
괭이로, 호미로 흙을 파헤쳐
고구마를 찾아 나섰지만
문득문득 그의 몸을 찍어
두 동강 내고 만다
죄책감도 없이 잘린 고구마를
밭둑으로 던져버리는 남편과 아들
아버지는 주워와서 소쿠리에 담는다
한 번 잘못 내리찍은 것은
되돌릴 수 없는 아픔이 된다는 걸
오래 세월을 지켜본 사람만이 깨닫는 것일까
우리는 생각 없이 내리찍고만 있었다
지금 괭이나 호미가 되어
누군가의 삶을 상처 내고 있는 것은 아닌지
두 동강 나버린 고구마를 보면서
가슴에 손을 얹어보았다

별을 보다

그대가 떠난 후
밤하늘의 별을 보는 버릇이 생겨났다
가지 말라고 애원해 볼걸
어둠을 빌려 쓰고 울어나 볼걸
어디에 숨어있다가
그는 밤이면
혓바늘처럼 돋아난다

밤하늘의 별을 바라보는 버릇은
그대가 어딘가에서 살아가고 있기 때문이고,
내가 살아가고 있는 것은
해바라기처럼 서서
그대도 별을 바라보고 있기 때문이다

사람들이 밤이 되면
저절로 고개를 쳐드는 것은
멀어진 시간의 눈물방울들을 심어놓기 위해서다

동국사* 앞마당에 서서

대나무 숲에서 떨고 있는 바람 소리를 봅니다
나의 할머니의 할머니도
저 일렁임을 보고 떠나가셨겠지요
풀잎 하나조차 이름을 부르지 못하고
새들마저도 목청을 뽑혀 버린 날들
그때는 그랬을 겁니다

사람들은 생각 없이 웃기만 했습니다
나도 따라서 웃었습니다
그사이에 섞여
오늘 빗자루나무처럼 서서
지난 것들을 바라보고 있습니다

'잊지 말거라, 기억하거라'
뒤돌아서는 머리 위로
물고기 한 마리가 소리치는 겁니다
핏발 선 종소리로 귓전을 두드리는 겁니다

* 동국사: 전라북도 군산시 금광동에 있는 한국 유일의 일본식 사찰로 일제강점기에 지어졌다.

산벚나무

산으로 가련다
60년, 뜰에서 오도 가도 못한 생을 접고
사람들아, 이제 산으로 가려 한다
산으로 가서
허리에는 바람을 매달고,
머리 위로는 별빛들을 수놓아
홀로 발이 저리도록 서있어도 좋겠다

나는,
너를 바라보면서 산을 꿈꾸었고
꿈을 꾸면서 하루하루를 살아냈다
나도 산으로 가서
너의 곁에 홑이불처럼 누워
별이라도 헤아리고 싶다
달빛이라도 쪼이고 싶다

시인詩人

배추씨를 뿌렸다
배추가 올라왔다

다음에는 고추씨를 뿌렸다
고추가 주렁주렁 달렸다

감자씨를 심으면 감자들이
고구마 순을 꽂으면,
고구마잎들이 고랑을 덮는다

밭은 거짓말을 하지 않는다
평생 닮으려고 노력해야 한다

드라이플라워

난생처음으로 받아본 꽃다발은 언제인지 기억하시나요? 엄마가 나를 세상 밖으로 밀어낸 그날 어렴풋이 향기가 나긴 났었던 것 같아요 누군가 나의 태어남을 축복하기 위해서 보내온 꽃다발이었겠지요 무엇을 하기 위해 살아왔는지 잘은 모르겠어요 다만 엄마가 씻겨 주고 먹여 주고 학교 보내주었기 때문에 잘 살아온 것 같아요

엄마의 부엌 벽에는 마른 꽃다발이 언제부터인지 매달려 있어요 향기 없는 꽃, 벌레가 집 짓는다며 아빠는 버리라고 했지요 엄마는 부엌을 벗어나면 꽃다발은 이제 꽃다발이 아니라고 대답했어요 고개를 흔들며 아빠는 쓸데없는 고집이라고 혀를 찼지만 그 후 두 번 다시 버리라는 말은 하지 않으셨어요 어쩌면 나는 저렇게 매달려 있는 엄마의 꽃다발은 아니었을까요? 아침마다 눈 맞추고 가슴 두근거렸던 기억들 그래요, 나도 나의 부엌이 생긴다면 엄마가 매달아 놓은 저 마른 꽃다발을 물려받아 걸어두어야겠어요

김영자 여사님

그녀를 여사님이라고 부르고 싶습니다

경북 의성군 단북면에서 태어났습니다

꽃다운 20세에 혼인하여 다섯 형제를 두었습니다

무엇을 생각하며 살아왔는지 모른다고 합니다

시간은 머리카락 빠져나가듯 흘러가더랍니다

손톱 발톱 깎기도 어려운 나이까지 왔답니다

밭에 나가 고구마나 감자를 키우고 싶어합니다

얼마 남지 않은 시간은, 자식들과 보내기를 바랍니다

자나 깨나 걱정하는 건, 또한 다섯 형제였습니다

잠시라도 삶을 자신에게 줄 수는 없는가 봅니다

그런 그녀에게 엄마라고 부르기도 합니다

세상에서 유일한 존재인 김영자 여사님

감자

저녁 반찬으로 감자볶음이 먹고 싶어졌다
우윳빛 살결에 짭짤한 소금을 뿌려
흰 쌀밥과 걸쳐놓고 싶어졌다
퇴근길 한 봉지를 껴안고 돌아왔다
얼른 속살을 만나보고 싶어졌다
한 알 한 알 외투를 벗겨 내기 시작했다
앗! 다 벗겨 낸 감자의 속마음
여기저기 멍들고 썩어있기까지 했다
감자는 얼마나 가슴 졸였을까
들키지 않고 여기까지 오는 시간을,
감자는 얼마나 기다렸을까
삶은 보이는 것과 다르다는 걸
감자에게 나를 들킨 저녁이다

꿈 해몽

간밤에 치아가 빠지는 꿈을 꿨다
치아가 빠지는 꿈을 꾸면
가까운 누군가와 이별한다고 했다
하루 종일 마음이 돌덩이처럼 무거워
웃음기 없는 시간들로 보냈다
다 개꿈이라고
신경이 예민해서 그렇다고
잊어버리라고 한다
다음 날 출근을 하니
겨우 사십을 넘긴
옆집 재경이가 뇌출혈로 죽었다고 한다
박혀 있는 치아를 만지작거리며
생글생글 웃어주던 그녀를 한참 생각했다
죽음이란 멀리 있는 것이 아니라고 중얼거렸다

덕아웃*

타순이 없는 날 종일 덕아웃을 지킨다

그라운드, 치고 달리는 동료들에게 박수를 보낸다

안타를 치기 위해 때를 기다리는 타자

그라운드로 나갈 수 있다면

상위 타선이 아니어도 좋다

그저 치고 달리는 일, 그의 일

나는 과연 어디로 가기 위해

지구라는 둥근 덕아웃을 서성이고 있는가

무엇을 위해 치고 달려야 하는 것인가

중심이 없는 날, 그와 나란히 앉아

또 다른 그라운드를 관찰해 보기로 한다

* 일루 쪽과 삼루 쪽에 있는 야구장의 선수 대기석.

달리기 선수가 되다

아이의 운동회 날,
반 대표 달리기 선수가 되어주기로 했다
바통을 이어받아 반 바퀴를 도는 것이 내 몫

내가 달리는 동안
아이는 나를 지켜보고
아이가 달리는 동안
나는 아이를 지켜보고

아이도 넘어지고 나도 넘어지고
앞서거니 뒤서거니, 뒤서거니 앞서거니
청군 백군 응원의 소리는 풍선처럼 부풀어 오르고
우리는 숨차고 목마른 순간을 견뎠다

운동장 한켠 측백나무들은 박수를 치고
만국기 아래 넘어지고 일어서던 햇살들은
아이의 얼굴에 와서도 미끄러지고 있다

넘어지면 일어서서 달려야 하는 순간
아이에게는 더 많이 찾아오겠지

뒤를 돌아봐야 할 나와는 다른 아이
오늘만큼은 달리기 선수가 되어주고 싶다

축시를 낭독하다
—이별리 시인에게

결혼 12년째, 문득 날아온 청첩장
시를 쓰겠다고, 시인이 되겠다고
밤과 낮을 바꾸고 살았던 청춘의 친구
징검다리 건너듯 시간은 많이도 지나왔구나

조금은 낯선 서울, 웨딩드레스의 반짝임
오늘, 이 일렁임도 강물 위의 구름 같겠지
추억을 꽂아놓은 책꽂이의 일기장처럼
우리도 책장을 펼쳐 보일 때가 오겠지

아름답구나, 친구
잘 살아라, 친구
행복하여라, 친구
자신을 놓쳐 버리지 말아라, 친구

핏방울 튀던 스무 살 적에도,
새치가 듬성듬성 자리 잡은 사십의 나이에도,
우리는 그저 시를 쓰고 저녁을 차리자
너와 내가 차린 밥상, 배불리 먹을 이들을 위해

외도外島

살면서 한 번쯤 가보고 싶었던 곳, 혼자서 조용히 밀려오고 밀려가고 싶을 때 나를 옮겨 놓고 싶은 섬, 12월의 끝을 붙잡고 떠난다 온전히 하루를 타인이 아닌 나와 함께, 나무를 끌어안으며 울고 있는 바람 속에 서있고 싶었다 무엇을 찾으려고 새들은 숲을 날고 있는가 알아들을 수 없는 말로 지저귀는 바람, 파도, 햇살, 이런 것들에게 가까이 가고 싶었던 것은 아닐까, 새야

내가 서있는 곳은 거제시 외도 보타니아, 나를 바라보고 있지만 아무도 기억하지는 못한다 파도 소리에 이끌려 떠도는 구름도 지나쳐 간다 사랑하고 떠난 사람들은 지금도 기억하고 있을까 여기까지 오면서 사랑했던 사람들은 안녕한 것일까 뒤돌아보면 바다 위를 출렁이고 있는 물안개뿐, 보이는 것은 아무것도 없다

'부질없다 부질없다' 외치는 뱃고동 소리 따라 발걸음을 옮겨 본다 여기 홀로 있다는 것은 귀도 눈도 마음도 비워졌다는 것, 다시금 가득 채워지면 아무도 몰래 돌이 되어 서있고 싶은, 내 마음속의 휴양림

나, 오늘

친구를 떠나보내고 나서
나 오늘, 집을 나왔네
덕지덕지 붙어있던 일상도
세탁기 속으로 구겨 넣고
아무도 나를 모르는 곳에 왔네

친구가 찾아간 곳도
이렇게 파도와 바람만이 있는 곳일까
다음에 찾아가야 하는 곳은
어떤 소리들로 출렁이고 있을까

바람과 파도 소리 사이에서
흘러내리는 빗물에 몸이 젖고 있네
나 오늘, 젖고 젖어서
나를 찾을 수 있었으면 좋겠네
무엇으로 새겨질 것인지 찾아내고 싶네

제4부

껌

그것의 성질은
기회만 있으면 악착같이 달라붙는다
발바닥 밑창이라도 가리지 않는다
비바람이 따귀를 때리는 날에
길을 붙잡고 종일 사람들을 관찰하기도 한다
씹고 아무 데나 뱉어버리면
바짓가랑이를 물고 늘어질 줄도 안다
심심풀이 땅콩으로 입속에서
물렁물렁한 시간을 보내고,
거울 앞에 서서 풍선을 불면
정신 차려 살라고 입술을 펑 친다

나주곰탕

아들 야구 시합이 있어 나주에 갔었지요
여행을 가자고 했으면 엄두도 못 냈지요
전라남도 나주에 가면
그것을 꼭 먹어봐야 한다고 했지요

곰탕이라고 곰이 들어 있다고는 상상하지 마세요
붕어빵에도 붕어는 없잖아요
자꾸 큰 의미가 들어있을 것만 같아요
곰탕만 한 그릇 비운다는 건 좀 싱겁잖아요

은행에서 표를 뽑아 기다리는 줄,
그 줄보다 길게 늘어선 곰탕 줄
삼복더위에 이렇게 땀 흘리며
꼭 먹어봐야 하는 이유가 무엇일까요

마파람에 게눈 감추듯 해치우고
돌아가는 사람들의 행렬 속으로
나도 한 무리가 되어있었어요

배가 불러서 아무런 생각이 들지 않았지요
무아지경으로 빠져버리고 말았어요
아하! 이래서 나주곰탕은 나주에 오면
꼭 먹고 가야 하는 음식이라는 걸 알았지요

우리가 살면서 무아지경에 빠져버릴 수 있는
시간이 도대체 얼마나 있는 것일까요
새삼, 남아있는 날들을 눈 감고 세어봅니다

나를 무심코 지나가는, 그 사람

죽도록 사랑했다던 그 사람,

단 하루도 못 보면 눈병이 난다던 그 사람,

밤하늘에 매달려 있는 별 같은 존재라던 그 사람,

눈이 날리던 겨울날 펑펑 울던 그 사람,

손수건 한 장 속에 얼굴을 묻던 그 사람,

20대 시간을 나에게 주었다던 그 사람,

그 사람, 그 사람, 그 사람,

길거리에서 우연히 만나게 되었던 그 사람,

나를 무심코 지나가는 그 사람,

나의 20대를 그렇게 무심코 지나갔던 그 사람.

가지나무 뽑기

11월로 접어들고
새벽이슬은 내려앉기 시작했다
이제는 가지나무를 뽑아내야 할 때
꽃도 잎사귀도 넓어지는 것을 멈추었다
텃밭을 잘 지키고 있었던 보랏빛 물결
때가 되면 도리가 없는 법
뿌리는 햇볕에 노출되어 오그라들겠지
부드럽고 따뜻한 흙의 시간을 기억하며
썩어가는 자신의 몸을 맡기겠지
가끔 바람이 그 위를 지나가겠지
언젠가는 우리도 이 지구에서
가지나무같이 뽑혀 나갈 날이 오겠지
그래, 순하게 귀를 열고
입술로 웃음을 낳으며 살자

생일날

그래, 이번만큼은 잊어버리지 않겠지
아들이랑 케이크 하나 사놓고 신랑을 기다린다
아홉 시가 넘어도 전화 한 통 없다
엄마, 둘이서 그냥 하자
기다리다 지친 아들은 내 눈치를 살피고 있다
오기만 해봐라, 이대로는 못 살아
독 오른 뱀처럼 똬리 틀고 앉아
대문 쪽으로 귀를 열어놓는다
아들과 둘이서
촛불을 켜고 생일 노래 부르는 것,
작년 생일과 똑같다
새벽녘 술이 떡 되어 들어온 신랑
이랑아, 나랑 같이 살아줘서 고마워
쓰러지듯 누워 잠들 때까지
그 말만 중얼거린다
신랑과 아들의 얼굴을 바라보면서
밤을 새는, 나의 마흔다섯 번째 생일날

봄

등이 가려워
소처럼 기둥을 비벼댔다
얼핏, 창문 너머에는
개나리꽃들이 시멘트 벽을
문지르고 있었다

짝

젓가락 하나를 잃어버렸다
두 개라야 하나인데,
하나가 없어서 하나가 될 수 없는 젓가락
나의 실수로 짝이 없어져 버린 젓가락
모양이 다른 또 하나의 젓가락을 짝으로 맞춰줬다
키가 맞지 않는 것이 흠,
버려야 하는 걸까
서로 맞지 않아도 그대로 써야 하는 걸까
고민 고민하다가 다시 수저통에 넣는다

이웃집의 이사벨은 필리핀에서 시집온 어린 신부
배가 불룩한 것은 아이를 가진 것이 분명하다
한국어를 몰라 티격태격하는 날이 태반
홀로 베란다에 쭈그리고 앉아 훌쩍이는 이사벨
고향의 부모 형제가 잠시 그리운 것은 아닐까
필리핀에서 태어난 것을 원망하고 있는지도 모른다
이사벨은 한국 이름으로 김서연,
누구의 잘못으로 여기까지 온 것일까
필리핀에서는 이사벨의 짝이 없었던 것은 아닐까
오늘따라 김서연 씨가 가엽게 느껴지는 것은 왜일까

넘어진 이유

무릎에 껍질이 벗겨졌다
핏방울이 송글송글 맺혔다
사람들이 잠시 쳐다봤다
바짓가랑이 먼지를 털었다
바쁘게만 살아가는 나를
잠시 땅이 잡아당겨서
먼 산 바라보게 했던 것

텃밭

맨 처음 감자를 심어놓고
다음 날 옥수수씨를 묻었다
호박, 오이, 가지, 토마토까지 나열해 놓는다
아이를 임신했을 때처럼
그들의 배가 불러오기를 기다리며
햇볕을 친친 감아 물을 준다
젖을 먹고 트림하는 아이 같은 것들
주인의 발걸음 소리로 커가는 키
손바닥으로 얼굴을 가리고
참선에 든 호박 한 덩이,
아아, 나도 어쩌면
아버지의 발걸음 소리 들어가며
여기까지 와있는 것은 아닐까

기차를 기다리며 술을 마신다

역 근처, 호프집에서 맥주를 마신다
얼떨결에 따라나선 촛불 집회가 끝난 뒤
112일째 '사드 반대'를 외치는 친구와
기차표를 예매해 놓고 술을 마신다

하루 세 끼니를 채워야 하는, 나에게
저쪽의 일은 먼 우주의 일이다
시간을 주무르고 살아가는 친구와
맥주를 마시며 호프집에서 기차를 기다린다

무엇을 할 것인가를 빈 공책에 적어놓고
레일을 짓누르며 달려오는 기차처럼 왔을 뿐인데,
눈앞은 담배 연기로 가득 차 희뿌옇기만 하다
그렇다, 오지 말라고 해도 또 기차는 올 것이고
가지 말라고 해도 기차는 갈 것이다
우리는 다시 시위를 끝내고 목마름을 달래기 위해
그렇게 역 근처, 호프집에서 맥주를 마실 것이다

그립다, 파라나강

처음으로 딸 집에 오셨다 빈손으로 올 수 없었던 아버지, 두루마리 휴지를 가슴에 품고 오셨다 초등학교 입학을 시키던 때가 엊그제 같았다는 아버지, 식탁 의자에 이파리처럼 매달려 계신다 몇 년 전 교통사고로 인해 딸 가슴에 못박을 뻔했던 아버지, 이제는 어머니보다 말수가 많아지셨다 기억 속 동구 밖을 지키고 있던 떡갈나무 한 그루 같은 아버지, 여행 한 번 같이 간다는 것은 지금도 어렵다 어머니 심부름으로 배추 몇 포기 가져다주러 오신 아버지, 고향 효천지에서 낚시를 하던 그날이 그리운 것인가 주저리주저리 늘어놓으신다

봄 오면 파라나강에 가 닿고 싶다 물줄기 하나에 세 나라가 손잡고 살아가는 곳, 그래서 아버지, 나, 나의 아들이 물살처럼 걸어 다닐 수 있었으면 좋겠다 그런 날을 꿈꾸며 하루하루 걸어가고 있는 시간 속에 확실한 것은, 아버지도 나도 파라나강이 될 수 없다는 것, 달 떠오르고 별들 빛나는 밤을 지나서 그곳에 가 닿고 싶다

어디에서 와서 어디로 가는 것인지 나는 알 수 없다 아버지 뒷모습을 바라보면서 이제껏 달팽이로 뒤뚱뒤뚱 걸어왔다 걸어온 길보다 걸어가야 할 길이 얼마나 남아있는지도

알 수 없다 흘러가는 것이 강물이라면 파라나강에 가서 한
물살이 되어 흘러가고 싶다 나의 아들이 뒷모습 바라보면서
흘러오는 것을 지켜보고 싶다, 돌처럼 앉아서

혹성탈출-진화의 시작
—친구의 문상을 가며

'시저'는 침팬지다 숲에서 도시로 끌려와 태어난 '시저'는, 사람과 8년을 동거하고 사람의 도시를 탈출하기로 한다 '윌'의 집에서 희로애락의 감정을 느끼며 사람으로 살아온 유인원 '시저'는, 주인공 '윌'에게서 숲으로 되돌아간다 '시저'는 이제 사람이 아닌 침팬지라는 것을 깨닫게 된 것이다

오늘 내가 태어난 고향으로 나는 가고 있는 중이다 태어나서 한 번도 고향을 떠난 적 없는 동창생 친구의 문상을 간다 떠나본 적 없는 고향을 떠날 때 얼마나 힘들었을까 결혼하여 아이를 낳고 살다 보니 고향을 찾는다는 것은 쉽지 않은 일 흙으로 되돌아가는 친구의 사진에 내 얼굴이 겹쳐진다 언젠가는 친구처럼, 영화 속 저 침팬지 '시저'가 되어, 고향에서 내가 왔던 곳으로 되돌아가야 한다는 것을 나는 안다

사람들은 가끔 그 사실을 잊어버리고 살아가고 있는 것은 아닐까 어쩌면 우리는 유인원 침팬지 '시저'보다 못한 삶을 살아가고 있는 것인지도 모른다

I Can't Stop Loving You*

잠들지 못해 오늘 밤에도 음악을 듣는다 레이 찰스의 히트곡 '그대 향한 사랑을 멈출 수 없어요' 새벽이 지나갈 때까지 살아내는 일도 멈출 수 없듯 사랑도 멈출 수 없는가 보다 이 밤 귀뚜라미가 함께 듣고 있는지 뚜우뚜우 신호음 보내온다 귀뚜라미도 멈출 수 없는 무엇인가가 있는 모양이다

지나온 것은 되돌릴 수 없어 아무리 그리워해도 시간은 앞으로만 가는걸 나를 지탱해 주는 건 지금 이 순간 음악을 듣고 있다는 것 레이 찰스는 없지만 레이 찰스의 '그대 향한 사랑을 멈출 수 없어요' 노래는 죽지 않았어 우리에게도 분명 이런 날은 올 거야 내가 없는 날, 내가 남긴 시를 누군가가 읽고 흥얼거려 줄 거야, 그럴 거야

나는 오늘 밤에도 음악을 들으며 멈출 수 없는 이유에 대해 생각하고 있고, 그대는 고요히 잠들어 있을 거야 사랑도 멈출 수 없지만 나의 나도 멈출 수 없는 걸

* I Can't Stop Loving You: 미국의 가수, 작사가이자 피아니스트인 레이 찰스의 히트곡.

남산에서 막걸리 마시지

남산의 한가운데서
한 잔의 막걸리를 마신다

남산은 옆에 앉아 햇볕도 따라주고
낯선 사람도 이웃이 되게 해준다

잔디밭에 앉아
웃음을 펴내고 있는 사람들이
구름 아래 아름답다

애드벌룬처럼 부푼 남산에서
막걸리 한 잔을 마신다

생각이 자꾸자꾸 보자기같이
넓어지는 것을,
나는 배우고 있는 중이다

지렁이

길 위에서 길을 밀고 가는
그를 만난 적이 있다
사람들의 시선은 아랑곳하지 않고
한 번도 뒤를 돌아보지 않는 길
어디로 무엇을 위해 가고 있는 중일까
발끝으로 톡 건드려 보았지만
몸을 펼쳐 다시 길을 뽑아내며 간다
사람에게는,
돌아보지 않고 갈 수 있는 길이 있을까
부쩍 뒤를 돌아보게 되는 나는,
문득문득 그의 길이 생각났다

해 설

미래로의 물길을 여는 시 쓰기

이성혁(문학평론가)

정이랑 시인의 시집 원고를 읽으면서 '사무사思無邪'를 생각했다. 정이랑 시인의 시에는 꾸밈이 없다. 말을 정교하게 꾸며 쓴 시도 무조건 매도할 수는 없다. 하지만 그런 시에는 '사특함'에 빠질 위험이 있다. 거짓으로 현란하게 꾸며대는 말로 이루어진 시가 사특함에 빠진 시라고 할 때, 정이랑의 시는 그러한 사특함과 멀리 떨어져 있다. 솔직담백한 말로 이루어진 그의 시에는 생활이 담겨 있고 우리 평범한 이들이 가지는 슬픔과 희원이 담겨 있다. 『시경』의 노래들이 그러하듯이 말이다. 이러한 정이랑 시의 특성은 1997년 등단한 지 20년이 넘은 그가 긴 세월 동안 스스로 터득한 시론과 무관하지 않은 듯하다.

배추씨를 뿌렸다
배추가 올라왔다

다음에는 고추씨를 뿌렸다
고추가 주렁주렁 달렸다

감자씨를 심으면 감자들이
고구마 순을 꽂으면,
고구마잎들이 고랑을 덮는다

밭은 거짓말을 하지 않는다
평생 닮으려고 노력해야 한다

—「시인詩人」 전문

밭에서는 거짓이 통하지 않는다. 배추씨를 뿌리면 배추가 올라온다. 정이랑 시인은 시인 역시 밭과 같은 사람이 되고자 노력해야 한다고 말한다. 시심詩心의 밭에 뿌린 대로 나오는 시. 거짓 없는 시. '사무사'의 시. 정이랑 시인에게 시심의 밭은 생활이다. 이 시인에게 시와 생활은 분리되어 있지 않다. '이별리 시인에게'라는 부제가 붙은 시 「축시를 낭독하다」에서, 시인은 "우리는 그저 시를 쓰고 저녁을 차리자/ 너와 내가 차린 밥상, 배불리 먹을 이들을 위해"라고 쓰고 있다. 번듯한 명함 없이 매일 저녁을 차리는 주부로서의 생활을 시인은 부끄러워하지 않는다. 그 일이야말로 배불리 먹을 타인을 위한 숭고함을 지니고 있기 때문이다. 시인에게 저녁 차리는 일과 시 쓰기는 등가의 관계에 있다. 시 쓰기는 시인에게 '그저' 밥 차리기와 같은 일상생활의 일부이지만, 그것 역시 타인을 향한 일이어서 숭고하다. 사실 돈 안 되는 시를 끙끙대며 시간을 들여서 쓰고 타인들에게 발표하는 행위는 시인에게 어떠한 '이득'도 주지 않는다. 이득 없는 이러한 시 쓰기를 지속적으로 해나간다는 것은 계산적 인간이 되기를 강요하는 이 자본주의 세계에서는 숭고한 일이라고 할 수 있는 것이다.

그러나 정이랑의 시가 생활과 분리되지 않는다고 해서, 그의 시가 생활의 기록에 그친다는 말은 아니다. 그의 시는 일상의 생활을 시의 밭으로 삼으면서도 무엇인가 다른 삶을 산출하고자 하는 열망의 힘으로 쓰여진다. 일상생활은 시심의 씨앗이 묻히는 밭이지 시 자체일 수 없다. 고추씨와 같은 시심의 씨앗이 자라 "주렁주렁 달"리는 고추처럼 될 때, 시는 완성된다. 씨앗을 자라게 하는 힘이 바로 지금과는 다른 삶을 살고자 하는 열망이다. 이 열망에 의해 시는 쓰여지고, 쓰여지는 시는 일상생활로부터 자라 나온 열망의 표현이 된다. 그러나 열망은 절망으로 전환되기도 하는 것, 어떤 열망도 온전히 실현되는 경우는 없기 때문이다. 그래서 열망과 절망의 뒤얽힘이 삶의 깊은 맥을 만들어가는 것, 정이랑 시인은 표제작에서 이 뒤얽힘을 아프게 감지하면서, 이를 솔직하게 드러내고 있다.

아직도 가슴속 바다에는 한 마리 청어가 숨어 삽니다 등 푸르고 허리가 미끈한, 이름만 불러도 청청 물방울 소리 튀어 오르는, 그런 청어 한 마리를 풀어놓았던 것입니다 스무살, 서른, 마흔에 이르러 그놈을 북태평양으로 돌려보낼 결심을 하기도 했습니다 대한민국에서 여자는 몰래 무엇인가를 키운다는 것이 참 어렵고 고달픈 삶이라는 것을 깨달았기 때문이죠 때로 아들 녀석이 청어를 대신해 줄 것이라고 믿기도 하면서 10여 년을 흘러왔습니다 꼬리와 지느러미에 파도를 실어 헤엄쳐 나가는 청어가 보고 싶습니다 햇살을 통과하면서 벅차게 숨 쉬던 나의 청어, 청어를 불러내고 싶습니다 아아, 너무 늦은 것은 아닐까요? 그동안 청어에게 무심했던 내가 청어를 볼 자신이 없습니다

때늦은 오후 지하도 계단에 쭈그리고 앉아 사람들을 읽고 있는 나뭇잎 한 장, 나는 그 나뭇잎 한 장의 인생을 살아가고 있는 중입니다 바람 부는 방향으로만 살아갈 수밖에 없는 운명의 잎들, 그 속에 청어는 희미하게 보입니다 불러보고 애타게 찾아봐도 가슴속에서만 헤엄치고 다녀야 할지도 모른다는 절망을 느껴본 사람들은 알겠지요 그래도 잠시 이 순간 청어를 생각하고 그리워할 수 있는 자유가 있으니까 그다지 외롭지는 않은 듯합니다

—「청어」 전문

위의 시에서 '청어'는 시인이 원해 왔던 다른 삶을 상징

하는 것일 테다. 그 다른 삶이란 "꼬리와 지느러미에 파도를 실어 헤엄쳐 나가는" 삶이다. 삶을 헤엄쳐 나갈 수 있도록 삶을 밀어내는 파도는 다른 삶을 살고자 하는 열망을 의미할 테다. 즉 청어는 열망의 힘으로 자유롭게 삶을 살아나가는 존재다. 시인은 언젠가 자신도 청어처럼 존재하면서 살아갈 수 있으리라는 희망으로 가슴 안에 청어를 풀어놓았던 것. 하지만 나이 "마흔에 이르러"서는 그 청어를 돌려보낼 것인지 고민에 빠지기도 했다고 한다. 청어를 돌려보낸다는 말은 결국 다른 삶에 대한 열망을 포기한다는 것을 의미하는 것. "대한민국에서 여자는 몰래" 그 열망을 키우면서 살기란 "참 어렵고 고달"프기 때문이다. 그래서 "아들 녀석이 청어를 대신해 줄 것이라고 믿"으면서, 시인은 '청어—열망'을 더 이상 불러내지 않고 "10여 년을" 살아왔던 것이다. 하지만 열망은 결코 사라지지 않는다. "아직도 가슴속 바다에는 한 마리 청어가 숨어" 살고 있는 것을 보면 말이다. 그래서 그는 "너무 늦은 것은 아닐까" 주저하면서도 "나의 청어, 청어를 불러내고 싶"어서 "애타게 찾아"본다. 하지만 가슴 속 청어는 희미하게만 보일 뿐이어서 "가슴 속에서만 헤엄치고 다녀야 할지도 모른다는 절망을" 불러일으키는 것이다.

희구와 포기, 열망과 절망 사이에서 흔들리며 살아가는 삶. 우리 모두가 살아가는 그러한 삶을 시인은 "나뭇잎 한 장의 인생"이라고 표현한다. 그 인생은, 열망을 불러일으키는 바람이 부는 방향으로 흔들리며 살아가야 하는 운명을

젊어지고 있다. 열망과 절망 사이에서 흔들리는 인생의 운명. 그러나 시인은 이 운명이 또 다른 자유를 역설적으로 낳을 수 있음을 깨닫는다. 즉, 가슴속에 열망을 유폐할 수밖에 없다는 절망이 그리움을 낳으며, 그 그리움의 순간이 외로움을 벗어날 수 있게 해주는 자유를 가져다주는 시간이라는 깨달음 말이다. 하여, 시 쓰기가 저 가슴속 희미하게 보이는 청어를 불러내는 행위라면, 그 행위란 열망과 절망의 뒤얽힘 속에서 그리움의 자유를 살아가는 일이라고 말할 수 있을 것이다. 그렇다면 시 「청어」는 정이랑 시인의 시가 자신에게 어떠한 의미를 가지고 있는지 시인 자신이 밝혀 주는 시라고 할 수 있겠다. 시인이 이 시를 표제작으로 삼아 시집의 맨 앞에 배치한 것은 그 때문이리라. 시집 『청어』의 시편들은 열망과 절망의 얽힘이 만들어내는 드라마를 솔직한 목소리로 보여 주고 있는 것이다. 가령, 시인은 다음과 같이 자신의 열망을 꾸밈없이 고백한다.

> 그랬어 나는, 여기에서 옮겨 다니는 물처럼 걸어 다니고 싶었어 누구에게나 부드러운 나를 만나게 해주고 싶었지 생각처럼 살아온 사람은 몇이나 될까? 곰곰 나에게 열중해 봤어 다음에도 내가 나로 온다면 어느 곳, 어디에서도 흥건히 젖을 수 있는 너가 될 것이라고
>
> —「다시 여기에 온다면,」 부분

물처럼 투명해서 속이 다 들여다보이는 느낌이 드는 고백

이다. 무엇인가를 숨기지 않은 고백(고백은 도리어 무엇인가를 숨기기 위해 행해지는 경우가 적지 않다), 이 고백의 투명성은 "물처럼 걸어다니고 싶었"다는 시인의 열망과 무관하지 않다. 위의 시에서 시인이 고백하는 열망은 물과 같은 존재가 되고 싶었다는 것인데, 시인이 생각하고 있는 물의 상징적 이미지는 자유로이 흘러 다니며 타인에게 부드러움을 선사하는 존재다. 그러한 존재가 된다면 "어디에서도 흥건히 젖을 수 있"어야 한다. 다시 말해서 그러한 존재가 되기 위해서는 자신이 만나는 모든 세계를 몸으로 흡수할 수 있어야 한다. 몸에 스며든 세계로 흥건히 젖게 되는 그 존재는, 이제 물로 변신하여 세계 곳곳으로 흐르며 옮겨 다닐 수 있는 부드러운 몸을 갖게 될 것이다. 시인은 물이 되고자 하는 열망을 다른 시에서는 "나 오늘, 젖고 젖어서/ 나를 찾을 수 있었으면 좋겠네"(「나, 오늘」)라고 직접적으로 표명한다. 이 열망은 "집을 나"와 "아무도 나를 모르는 곳에" 온 시인이 "바람과 파도 소리 사이에서/ 흘러내리는 빗물에 몸이 젖"(나, 오늘)으면서 되살아날 수 있다. 즉 갇힌 곳으로부터 나와 홀로 있을 때에야 되살아나는 열망이다.

하지만 물과 같은 존재가 되고자 하는 시인의 열망은 곧 현재 상황의 한계에 부딪치게 될 것이다. "아무도 나를 모르는 곳에 온" 시인은 다시 집으로 돌아가야 하는 것이다. 세상은 "어떤 거대한 압력에 의해/ 누군가의 생애가 살아지고 있"(「진공청소기에 빨려 들어가는 것처럼」)는 곳이다. 물처럼 흐르는 삶을 살고자 하는 열망은 진공청소기 같은 세상의 압력에 의해 좀처럼 실현되기 힘들다. 이 압력에 맞서 삶에 대한 열망—물과 같은 존재가 되고자 하는—을 품을 수 있기 위해서는, 역설적으로 돌멩이처럼 단단한 존재가 되어야 한다. 가슴속 깊이 열망을 품고, "오로지 속으로만 울고 웃는"(「돌멩이」) 단단한 돌멩이가 되어, 모든 것을 쓸어버리는 진공청소기 같은 세상의 힘에 파괴되지 않도록 그 열망을 보호해야 한다. 그렇게 "홀로 박혀 있는 시간이 깊어"지면, 이제 "몸속에서 물소리가"(돌멩이) 나기 시작할 것이다. 하여, 시인은 가슴속에 물이 흐르는 돌멩이로 존재하게 된다. 세상의 압력 속에서 그는 아이러니컬하게도 물이자 돌멩이인 상반된 속성을 안고 살아가야 하는 존재가 되는 것이다. 정이랑 시인은 어떤 희구, 소원을 가지면서 살아가야 했던 모든 이들이 그러한 '돌멩이—물'의 삶을 살았으리라고 생각한다. 시인은 아래의 시에서 물이 되고자 하는 열망을 가진 그 돌멩이의 삶은 결국 "다시금 물이 되어 돌아오는 것"이라고 말하고 있다.

앞서간 누군가의 소원 하나를 바라봅니다
간절한 마음이 놓여 기둥이 되고
하늘 한 곳을 잡아당겨 발을 묶습니다
돌멩이 하나를 주워 바라보게 되는 탑
나에게 간절한 무엇을 생각하게 합니다
그냥 돌멩이 하나일 뿐이듯
나도 하나의 돌멩이일 뿐인데

움켜쥔 손아귀에서
쉽사리 놓아버리지 못하였습니다
살아온 것들이 길이 되고
다시금 물이 되어 돌아오는 것을
저 탑은 오늘도 지켜보고 있습니다
'버리고 갈 것만 남아 참 홀가분하다'는
앞서간 사람의 인생처럼 그랬으면 좋겠습니다
살아서 마지막에는 아무것도 없는, 나를
꼭대기에 덩그러니 올려놓고 싶습니다

—「돌탑」 전문

시에 따르면, 돌탑에 올려 있는 돌 하나하나는 한 사람의 삶이 담겨 있는 "누군가의 소원"이다. 그 "간절한 마음"이 담긴 돌 하나하나가 쌓여 하늘을 향한 기둥이 만들어지고 돌탑이라는 세계 하나가 이루어진다. 돌탑의 세계는 평범한 사람들의 다른 삶에 대한 열망과 기원이 하늘을 향해 올라가며 이루어지는데, 이를 시인은 절묘하게 "하늘 한 곳을 잡아당겨 발을 묶"는다고 표현한다. 돌탑은 잡아당겨진 "하늘 한 곳"이 쌓여 이루어진다. 시인 역시 돌탑 위에 놓이게 될 돌멩이 중 '하나'이다. "나도 하나의 돌멩이일 뿐인" 것이다. 그런데 그 돌멩이 속에는 "쉽사리 놓아버리지 못" 하는 "간절한 무엇"이 흐르고 있으며, 나아가 돌멩이의 삶이 걸어갈 길은 그 간절한 열망이 만들게 될 것이다. 아니, 더 정확히 말하자면, 돌탑의 돌멩이처럼 간절함을 품은 존재로서 살아갈 때, 어느새 "살아온 것들이 길이" 된다고 말해야 할 것이다. 간절한 삶은, 꼭 의식하지 않더라도 길을 남긴다. 저 돌탑이 하늘로 향하는 길을 만들듯이 말이다. 저 돌탑은 간절하게 살아온 "앞서간 사람의 인생"들이 남겨놓은 길이다. 나아가 그 길은 "물이 되어 돌아오는" 물길이 된다. 그 물길은 돌멩이가 품은 열망, 물처럼 세계를 받아들이면서 자유로이 흐르는 존재가 되고자 하는 열망이 실현된 것이다. 시의 후반부를 볼 때, 그것은 "버리고 갈 것만 남"고 결국 "아무것도 없"을 삶의 '마지막' 순간에, 온 인생이 돌멩이 하나로 돌탑 "꼭대기에 덩그러니 올려놓"을 때 이루어질 수 있다.

그런데 위의 시는 돌탑의 수직적 이미지가 길—물길—의 수평적 이미지와 결합되고 있다는 점에서 주목할 만하다. 하늘을 향해 올라가고 있는 돌탑의 수직적 이미지. 그것은 다른 삶에 대한 열망을 표현함과 동시에 '마지막'을 "앞서간 사람의 인생"이 누적되는 시간으로 표현하기도 한다. 이 시집에서 수직적 이미지는 나무를 통해 나타나기도 하는데, 이 나무 이미지 역시 시인에게 이 세상에서의 '마지막'을 지낸 이들을 환기시킨다. "생강나무를 바라보면/ 떠나간 사람들이 떠올라요"(「생강나무를 생각해요」)라는 구절을 보면 그렇다. "떠나간 사람들"을 떠올리게 하는 나무 이미지는 죽음에 대한 생각으로 이끌기도 한다. 가령 시인은 "꽃도 잎사귀도 넓어지는 것을 멈"춘 '가지나무'에서 "부드럽고 따뜻한 흙의 시간을 기억하며/ 썩어가는 자신의 몸을 맡기"(「가지나무 뽑기」)게 될 '우리'의 삶에 대해 생각한다. 나아가 시인은 이 마지막에 이르렀을 때 울 울음—시—에 대해 다음과 같이 상상하기도 한다.

> 여기서 한 생애를 건너가야 한다면
> 누더기 걸치고 왔어도 마지막은 눈부셔야 하리
>
> 햇살 한 입 베어 물고
> 어깨 위에는 순한 바람 망토 두르고
> 별빛 망울 같은 추억들 눈동자에 출렁이게 하고
>
> 가시를 찾아 날고 있는 새
> 나에게 오는 날은 언제인가
>
> 무엇을 찾아 나는 날고 있는 것일까
> 머리를 제쳐 하늘 쳐다봐도 길은 보이지 않고
>
> 한 생애를 여기서 울다 가야 한다면
> 마지막에 우는 울음은 깊고 가장 맑아야 하리
>
> —「가시나무 새」 전문

시인은 "마지막에 우는 울음", 그것은 가시나무 새의 울음과 같이 "깊고 가장 맑아야 하리"라고 희망한다. 이러한 '마지막'의 울음에 대한 상상은 가시나무의 이미지로부터 죽음을 떠올렸기 때문일 것이다. 가시나무에 찾아올 가시나무 새는 마지막을 눈부시게 해줄 울음을 울 존재이다. 시인은 이 "가시를 찾아 날고 있는 새"가 마지막에 자신을 찾아오길 바란다. 그리고 이 마지막에 도달했을 때, 즉 가시나무 새가 자신을 찾아왔을 때, 무엇을 찾아 날고 있는지 모르는 채 여전히 길을 보지 못하고 날고 있는 자신의 현재 상황이 바뀔 수 있으리라고 기대한다. 이때 날아갈 시인의 모습은 햇살을 "베어 물고" "바람 망토 두르고" 있을 것이며, 눈동자에는 "별빛 망울 같은 추억들" '출렁'일 것이다. 이렇듯 정이랑 시인에게 '마지막'을 상상케 하는 나무의 이미지는 슬프거나 비극적인 의미를 가지고 있지 않다. 시인에게 죽음은 완전한 끝을 의미하지 않기 때문이다.

이 시집에는 아버지, 어머니, 시인의 아이가 적잖이 등장한다. 시인은 이러한 가계 속의 일원임을 자주 표명한다. "난 어머니의 딸이고 한 아이의 엄마, / 그 사이에서 시를 쓰고 있는 한 사람일 뿐"(「명함」)이라는 자기 규정은, 시인이 자신을 엄마와 아이 사이에서 대를 잇는 존재로 생각하고 있음을 말해 준다. 마치 어떤 돌 위에 자신의 돌을 얹으면서 그 돌이 다른 돌의 바닥이 되어주는 것처럼 말이다. 다시 말하면 그것은 "저 아이"가 "나팔꽃같이 활짝 열리는 날이" 올 때까지 "막대 기둥이 되어주는 것"(「나팔꽃 사랑」)이라고도 할 수 있다. 시인에 따르면 그것이 "어미가 할 일"(나팔꽃 사랑)이며 '사랑'이다. 그렇다면 돌탑처럼 세워지는 '막대 기둥'은 사랑이 만들어내는 것, 사랑을 통해 어머니와 아이의 삶은 이어질 수 있다. 즉, 정이랑 시인에게 사랑은 삶이 죽음을 넘어 지속되게 해주는 힘이다.

이렇듯 나무나 돌탑에서 나타난 수직적 이미지는, 정이랑 시인에게 땅과 하늘 사이를 잇는다는 의미, 나아가 세대를 잇는다는 상징적인 의미를 갖는다. 그렇다면 이 시인에게 수평적 이미지—길과 물로 나타났던—는 어떠한 의미를 가질까? 이 수평적 이미지도 삶과 삶을 이어준다는 의미를 갖는다. 그런데 대를 잇는다는 의미에서 삶과 삶을 이어주는 의미보다는 옆에 있는 이웃의 삶과 '나'의 삶을 잇는다는 의미를 갖고 있다. 시인은 「맨발로 걷기」에서 "벗을 것 다 벗어놓고/ 맨발로 걷다 보면/ 내가 너이고/ 너가 내가 되는 것"이라고 말하는데, 이에 따르면, 모든 걸 벗고 행하는 이 수평적인 보행은 '너'와 '내가' 다르지 않음을 가르쳐 준다. 정이랑의 시에서 수평적 이미지는 타자들과의 어우러짐을, 즉 이 세계에서의 삶은 타자들과 공존하며 서로 연결되고 타자들의 도움으로 이루어짐을 보여 준다. 가령 "내가 살고 있는 집 길 하나 사이에 두고 마주 보고 있"는 '동문반점' 역시 수평적 이미지를 통해 등장하는데, 그 중국집은 "30년 동안 평리동을 먹여 살려온"(「동문반점」) 음식점으로 가치화된다. 역시 수평적 이미지로 현상하는 '양떼목장'은 "순한 것들이 모여 산다는 곳"인데, 이곳에서는 시인의 마음도 "순하게 구름으로 흐르게"(「양떼목장」) 된다. 하여, 이곳에서 시인은 "가진 것 하나 없어도/ 푸릇푸릇 넓어지는 나를 만날 수 있"(양떼목장)다. 타자들과 모여 살면서 넓어질 수 있는 공간이 평평한 양떼목장이다. 나아가 시인은 이러한 수평적 공간에 수직적 가계의 가족이 스며들어 같이 흐를 수 있기를 다음과 같이 희망하기도 한다.

> 봄 오면 파라나강에 가 닿고 싶다 물줄기 하나에 세 나라가 손잡고 살아가는 곳, 그래서 아버지, 나, 나의 아들이 물살처럼 걸어 다닐 수 있었으면 좋겠다 그런 날을 꿈꾸며 하루하루 걸어가고 있는 시간 속에 확실한 것은, 아버지도 나도 파라나강이 될 수 없다는 것, 달 떠오르고 별들 빛나는 밤을 지나서 그곳에 가 닿고 싶다
>
> 어디에서 와서 어디로 가는 것인지 나는 알 수 없다 아버지 뒷모습을 바라보면서 이제껏 달팽이로 뒤뚱뒤뚱 걸어왔다 걸어온 길보다 걸어가야 할 길이 얼마나 남아있는지도 알 수 없다 흘러가는 것이 강물이라면 파라나강에 가서 한 물살이 되어 흘러가고 싶다 나의 아들이 뒷모습 바라보면서 흘러오는 것을 지켜보고 싶다, 돌처럼 앉아서
>
> —「그립다, 파라나강」 부분

남미에 있는 '파라나강'은 전 세계에서 아마존강 다음으로 긴 강이라고 한다. 이 강은 브라질에서 발원하여 파라과이와 아르헨티나를 거친다. 그래서 시인은 "물줄기 하나에 세 나라가 손잡고 살아가는 곳"이라고 말한 것이다. 이 강 역시 수평적 이미지를 보여 준다. 이 수평적인 흐름을 따라 '세 나라'는 손을 맞잡고 어우러지는 이웃이 된다. 파라

나강에 의해 세 나라가 손을 맞잡게 되었듯이, 시인은 아버지와 자신, 그리고 아들이 손을 맞잡고 파라나강의 물살처럼 함께 살아갈 수 있기를 희구한다. 셋이 "한 물살이 되어 흘러가고 싶"은 것이다. 하지만 "아버지도 나도 파라나강이 될 수 없다는 것"이 확실하다는 것을 시인은 알고 있다. 셋이 나란히 갈 수 없도록 만드는 시간의 낙차가 있기 때문이리라. 앞서 걸음을 뗀 사람을 앞서갈 수는 없는 것, '나'는 "아버지 뒷모습을 바라보면서 이제껏 달팽이로 뒤뚱뒤뚱 걸어 왔"을 뿐이다. '나'는 아버지의 뒤를 따라갈 수밖에 없는 것이다. 하지만 불가능하더라도 삼대가 같이 한 물살이 되어 흘러가고 싶다는 시인의 희구는 사라지지 않는다. 앞에서 정이랑 시인이 꿈꾸는 다른 삶은 물처럼 흐르는 삶, 청어처럼 자유롭게 헤엄치면서 사는 삶임을 읽은 바 있다. 물이나 청어와 같은 존재가 되고자 하는 꿈 역시 불가능한 것이다. 하지만 시인은 그 꿈을 버릴 수 없으며, 그렇기에 그는 시를 쓰는 것이다.

그런데 위의 시에서 시인의 물과 같은 존재가 되고자 하는 희구는, 단독자로서가 아니라 아버지와 아들의 손을 맞잡고 나란히 함께 이루어질 수 있는 삶을 꿈꾸는 것이다. 시집 후반부에 실린 위의 시에서 시인은 시집의 앞부분에서보다 더 넓어진 자신의 모습을 보여 주고 있는 것이다. 이 시집은 청어처럼 살고자 하는 시인의 열망을 드러내는 시로 그 문을 열었다. 시집 후반부에서 시인은 대를 잇는 수직적 이음과 이웃과 손을 잡는 수평적 이음의 융합을 꿈꾼다. 그

꿈은 '파라나강'처럼 넓게 흐르는 물길의 삶이다. 그렇다면 시집의 문을 닫는 마지막 시는 어떠한 시인가?

길 위에서 길을 밀고 가는
그를 만난 적이 있다
사람들의 시선은 아랑곳하지 않고
한 번도 뒤를 돌아보지 않는 길
어디로 무엇을 위해 가고 있는 중일까
발끝으로 툭 건드려 보았지만
몸을 펼쳐 다시 길을 뽑아내며 간다
사람에게는,
돌아보지 않고 갈 수 있는 길이 있을까
부쩍 뒤를 돌아보게 되는 나는,
문득문득 그의 길이 생각났다

—「지렁이」 전문

"길 위에서 길을 밀고 가는/ 그"란 누구일까? 시의 제목에 따르면 '그'란 지렁이를 가리킨다(하지만 "길 위에서 길을 밀고 가는"이란 표현은 비유적인 의미도 갖고 있을 것이다. 즉 지렁이 역시 비유적인 의미를 함축할 것이다). '그—지렁이'는 자신이 갈 길을, 길을 온몸으로 밀면서 만들어나가고 있다. 자신의 천형인 듯이, "한 번도 뒤를 돌아보지 않"고, 어떤 건드림이나 장애에도 아랑곳없이 "몸을 펼쳐 다시 길을 뽑아내"면서 말이다. 시인은 이러한 지렁이의 모습에서 진정한 삶의 이미지를 포착한다. “부쩍 뒤를 돌아보게 되는 나”에게, 앞—미래—으로만 길을 만들면서 나아가는 지렁이는 자신의 현재 삶에 대한 반성을 불러일으킨다. 미래는 열망과 희구의 장이다. 미래다운 미래란 그 열망과 희구에 따라 열리는 장을 가리키는 것이다. 그러한 미래를 향해 나아가기 위해서는, 온몸으로 이 땅 위의 생활—길—을 밀면서 자신의 길을 만들어야 한다는 것을 지렁이는 시인에게 가르쳐준다. 청어처럼, 물처럼 자유롭게 사는 미래를 열망하는 정이랑 시인에게 그렇게 스스로 만드는 미래로의 길이란 물을 향한 길, 물길이라고 할 수 있을 것이다. 하여, 시인이 온몸으로 “길을 밀고 가는” 행위가 시 쓰기(詩作)를 의미할 터라면, 정이랑 시인에게 시 쓰기란 바로 물길을 내는 행위라고 말할 수 있다. 다시 말해서 그는 미래를 향한 물길을 열기 위해 온몸으로 시를 쓰고 있는 것, 그 물길을 여는 온몸의 궤적이 바로 시집 『청어』라고 하겠다.